LETTRE

A L'AUTEUR

DE NANINE.

Monsieur,

Vous venez de fixer par votre Piéce
le deſtin du Comique larmoyant au
théâtre. Vous aviez eſſayé ce genre
dans votre *Enfant prodigue*; on crût
alors que c'étoit pour n'y plus revenir;
il parut à vos partiſans que vous aviez
ſimplement voulu faire une incurſion
ſur les terres de M. de la Chauſſée.
C'étoit, ſuivant eux, exercer le droit
du plus fort, & prouver ce génie uni-
verſel qui vous ſoumet & les matieres
& les Auteurs. Votre goût vous ramene
dans la même carriere : que M. de la
Chauſſée ſe conſole, & vous céde un
bien qui vous appartient *à droit de con-
quête*. Ce genre mitoyen entre les ris

A

& les pleurs, ou plutôt qui les accorde & qui les confond, s'annoblira certainement dans vos mains. M. de la Chauſſée ne nous avoit donné juſqu'à préſent que des *Reconnoiſſances,* & de ces ſituations romaneſques qui ſerrent le cœur. On démêloit l'imitateur de Crébillon dans les *Réconnoiſſances,* & le Singe de Marivaux dans la contexture du Roman. On ne remarquoit rien de plus en lui que ce qui n'étoit pas à lui-même ; point de ces coups de lumiere, de ces étincelles du feu créateur qui anime le ſein des grands Ecrivains. M. de la Chauſſée n'avoit cultivé ſon fonds qu'avec l'ambition & les facultés bornées d'un particulier. Vous l'allez poſſéder dignement, & faire ſervir toutes vos richeſſes à l'améliorer. Vous y amenez les grands & les très-grands ſentimens ; le ſtile frappé, ce ſtile ſententieux, qui nous enleve d'admiration dans les Tragédies modernes. Oui, j'oſe l'avancer. Qu'on retranche de l'*Enfant prodigue* & de *Nanine* le comique des Valets ou des Païſans, les caracteres qui ſortent un peu de la nature, tels que celui de *Fierenfat,* les rôles de rempliſſage, tels que celui de Madame Dolban, nous aurons des Comédies

qui pour le ton héroïque le difputeront
à vos meilleures Tragédies.

On ne pourroit donc que féliciter
notre fiécle de ce qu'en étendant votre
gloire , vous épurez un genre deftiné à
faire nos plaifirs Mais tandis, Mon-
fieur, que vous veillez à de fi nobles
travaux , vous n'ignorez pas que les
Cenfeurs veillent auffi. Ce peuple ob-
ftiné tente de conferver encore dans la
République des Lettres un refte d'équi-
libre , que vos nombreux talens s'effor-
cent de détruire. Vous avez beau leur
abandonner vos trois Temples, du Goût,
de l'Amitié & de la Gloire , ces divi-
nités de votre cœur ; votre Neutonia-
nifme , tout ce que vous avez écrit fur
les Anglois, votre Princeffe de Navar-
re, & quelques autres piéces uniquement deftinées à groffir le recueil de
vos Œuvres ; vous ne leur paroiffez
point affez déprimé par ces mortifica-
tions. Ils voudroient que vous priffiez
pour vous-même ce fyftême d'égalité
entre les hommes établi dans votre
nouvelle Comédie. Quoi , difent-ils,
cette année auroit vû M. de la Chauffée
ouvrir une *Ecole de la Jeuneffe* qui n'a
fubfifté que fix jours ? M. de Boiffy auroit annoncé une *Comble* , qui n'a pas

été vûe toute entiere, & que notre hé-
misphére ne reverra plus ? Qu'a donc
fait M. de Voltaire pour être exempt
de disgraces ? Qu'il prenne le niveau
de ses Confreres & de ses Rivaux poë-
tiques.

Je vous avoue, Monsieur, que mon
humeur ne tient pas contre ces gens
qui vous en veulent toûjours, & qui
augmentent votre réputation à force de
la déchirer. Je dis à ces Critiques,
faites mieux ; je leur insinue même
qu'ils en sont capables ; mais mon peu
d'adresse ne peut les amener au point
de se taire sur votre compte. Me seroit-
il permis, Monsieur, de descendre sur
l'aréne, & de combattre pour votre dé-
fense ? Mon zéle me tient lieu de forces.
Si je contribuois en quelque sorte au
succès de votre piéce, cette augmenta-
tion de succès ne vous auroit rien coûté.
J'en retirerois au moins ce plaisir, & la
pensée que vous m'auriez quelque obli-
gation.

Malgré les tracasseries des Zoïles,
votre premier Acte, Monsieur, auroit
échapé à la censure ; les Scénes en sont
très-bien filées, l'exposition est parfaite,
la jalousie de la Baronne de Lorme a
paru bien peinte ; les Examinateurs au-

roient seulement voulu que vous n'eus-
siez point ajoûté à cette peinture des
traits de force , & qui , suivant eux , ne
sont que grossiers , par exemple , celui-
ci. La jalouse Baronne , après avoir in-
timidé Nanine , voit avec une joie im-
modérée que cette fille accepte le parti
du Couvent , & cette bonne Dame
finit l'éloge de la retraite par lui dire :

Ah! mon enfant , que j'aurai de plaisir
De t'enfermer pour ne jamais sortir !

Ce n'étoit pas ainsi , selon vos parti-
sans même , que vous deviez achever
cette tirade. Au surplus , est-il étonnant
que la main de l'Artiste s'appésantisse
quelques fois , & que le coin enfonce
trop avant ? Vous avez eu dessein de
frapper plusieurs de ces grands coups :
tout le premier Acte en est semé ; il n'y
a pas de Piéce de théâtre où les sentences se succédent plus rapidement. A la
vérité, le naturel du dialogue en souf-
fre ; mais le comique en devient plus
grand , plus extraordinaire. C'est aux
Auteurs qui ont peu d'esprit , à ména-
ger l'esprit :

L'esprit ne s'aprend pas.

Sans doute ils auront inventé la régle

de n'en employer qu'avec sobriété, & de faire en sorte que les ornemens sortent du fonds sans le cacher. Continuez, Monsieur, & sans écouter les Défenseurs de je ne sçai quel goût, rendez-nous Sénéque dans ces éclairs multipliés qui éblouissent l'imagination. Donnez-nous toujours de ces pensées sublimes ou colossales, de ces apophtegmes que l'Acteur, après un léger silence pour préparer les esprits, débite d'un air réfléchi, & d'un ton différent du reste. Voilà ce qui est applaudi au théâtre, voilà ce qui saisit la multitude & ce qui fait la fortune des piéces. Enchassez même dans vos Comédies des Madrigaux bien compassés, tels que cette description qui m'a fait tant de plaisir ; c'est celle des deux carquois de l'Amour, si joliment amenée pour adoucir la farouche humeur de la Baronne de Lorme.

Je vous l'ai dit ; l'Amour a deux Carquois :

L'un, plein de fléches de paix, & l'autre de fléches de querelle. L'Amour ne peut que vous être obligé : il avoit besoin de deux carquois ; un ne lui suffisoit pas ; les fléches pacifiques n'étoient du goût de personne, il en falloit d'au-

tres pour réveiller les galanteries; ceci
est une nouvelle Mythologie, que
toutes nos filles de théâtre feront bien
d'apprendre, puisque le comique l'a-
dopte.

Le Comte Dolban parle toujours
bien & noblement, même à ses gens.
Quand il envoye Germont reprendre
Nanine qu'on enléve, & quand, arrêté
sur la scéne par la violence de son
amour, il s'en repose uniquement sur
la fidélité de ce Valet; c'est ainsi qu'il
s'exprime :

Améne moi Nanine sur ta tête;
    Qu'on m'en réponde.

Comment pourroit parler un Héros,
si ce n'est de ce ton ? Aussi Germont,
digne confident, débite-t-il à son tour
des sentences qu'il aura sans doute ap-
prises de son Maître ; c'est au sujet de
Nanine dépouillée & chassée :

Souffrir n'est rien : c'est tout que de déchoir, &c.

Au surplus, Monsieur, si on ne peut
qu'attaquer ou admirer des beautés de
détail dans votre piéce, c'est que le
reste est uni & prévu. Il n'y a pas de
Spectateur qui n'en sçache par cœur la
conduite ; & qui n'en dît bien le dé-

nouement, dès le commencement du
second Acte. On est donc réduit à s'oc-
cuper de vos expressions, de vos tours,
de l'harmonie surtout de vos vers, de
cette harmonie qui sert de cadre bril-
lant à vos pensées.

Est-il un rang que Nanine n'honore ?

Que ce vers est beau ! & cet autre,

Le Démon souffle ici sa zizanie.

On ne finiroit pas, si on relevoit tous
les vers aussi coulans ; & quoique leur
extrême douceur eût dû les imprimer
dans ma mémoire, vous ne serez pas
étonné qu'à la premiere représentation
je n'en aye pas retenu davantage.

Je vais maintenant répondre aux ob-
servations que des gens mal intention-
nés où peu instruits, ont faites sur
quelques parties de votre Comédie.

Quelques - uns ont prétendu que la
morale de cette piéce pourroit avoir de
fâcheuses conséquences ; car vous faites
voir clairement, que l'inégalité des con-
ditions ne doit point être un obstacle,
quand il s'agit de mariage. Laissons aux
Barons Allemans le préjugé des mésal-
liances. En France on doit penser d'une
autre maniere. Parmi nous le Duc &

Pair ne doit point rougir de partager
sa couche avec une vertueuse Grisette.
Je vois avec plaisir que cette opinion
commence à s'introduire chez mes chers
Compatriotes. Combien de gens de la
premiere volée épousent la fille

D'un important, que sa lâche industrie
Engraisse en paix du sang de sa patrie !

Il est vrai que l'intérêt préside ordi-
nairement à ces unions ; mais je ne dés-
espére pas de voir notre Noblesse agir par
de plus purs motifs. Vous venez de lui
donner de si belles leçons. Je souhaite
pour les Bourgeoises , les Campagnar-
des & les *filles de Soldats* , que nos jeunes
Seigneurs en fassent usage.

Monseigneur , voulant sonder les dis-
positions de la belle Nanine , lui pro-
pose un Jardinier pour époux. Elle ne
veut point de ce rustaut. Le Comte
charmé de découvrir que *Blaise* n'est pas
son rival , offre de la marier à *un jeune*
homme de ses amis, & qu'il connoît
depuis trente ans. Elle déclare alors qu'un
Monarque même chercheroit envain à
lui plaire. Elle débite à ce sujet des
maximes puisées apparemment dans *le*
Livre Anglois, dont le Comte lui avoit
recommandé la lecture. Le Jardinier &

le Roi font refufés, il paroît clair à
Dolban qu'il n'y a que lui qui con-
vienne à Nanine, parce qu'il n'eft ni
Roi, ni Jardinier, & fans autre raifon-
nement il fait l'aveu de fa flâme. Bien
des perfonnes ont trouvé que la conféquence tirée par le Comte dans cette
occafion n'étoit pas bien jufte. Mais
l'Amour eft-il bon raifonneur ? Le
Comte devoit être preffé de fe déclarer
depuis le tems qu'il renfermoit ce fe-
cret en fon fein. Une déclaration eft
toujours un morceau bien placé. D'ail-
leurs, ces fâcheux Critiques ne fongent
pas que la conféquence de Dolban fin-
guliérement tirée, donne lieu à une
fituation touchante. Nanine tombe éva-
nouie. Quel coup de théâtre !

Où j'ai remarqué la main de Maître,
c'eft dans la Lettre que Nanine écrit à
fon cher pere *Philippe Hombert*. Cette
lettre par la maniere équivoque dont elle
eft conftruite, eft, comme dans Zaïre,
caufe de tout le tapage. Le Comte croit
qu'elle s'adreffe à un Amant, & que cet
Amant eft *Philippe Hombert*. Si, comme
cela eft d'ufage parmi les gens de bas
aloi, cette fille eût mis au haut de fa
miffive :

Mon très-cher Pere.

Et au bas :

Votre très-humble servante & fille, Nanine.

Alors le Seigneur Dolban eût vu tout
d'un coup de quoi il s'agissoit; mais Nanine a les airs d'une fille de condition ,
& ne donne point à l'auteur de ses jours
ces titres qu'employe communément la
tendresse rustique. Par ce moyen le
Comte est dans l'erreur , il croit son
Amante infidelle ; cela forme une in-
trigue admirable qui ne se débrouille
qu'à l'arrivée de *Philippe Hombert.* C'est
par la même élévation de sentimens que
Nanine aime mieux passer pour orphe-
line, que de faire connoître l'obscurité
de sa naissance ; car elle connoît , sans
que l'on sçache trop comment , que
Philippe Hombert est son pere ; mais c'est
un secret dont elle ne fait confidence à
personne.

Sa vertu est soupçonnée. Aussi-tôt le
Comte jaloux à la rage , ordonne que
l'on enléve à cette pauvre fille tous les
dons qu'elle avoit reçus de lui. L'ordre
est exécuté avec la derniere rigueur. On
trouve beaucoup de dureté dans cette
conduite. Je vous avoue , Monsieur,
que j'en avois été moi-même révolté ,
mais on m'assura que cela se pratiquoit

quelquefois en pareille occafion ; & pour me calmer entiérement fur cet ar-ticle, un de vos amis me raconta qu'un homme connu par l'univerfalité de fes talens, un génie du premier ordre, un Poëte célébre, avoit eu une affaire de cœur avec une Lingére ; celle-ci qui n'avoit pas à fe louer des libéralités d'un Amant auffi riche qu'intéreffé, vendoit fecrétement fes faveurs à ceux qui lui en offroient un prix convenable. Apollon eft inftruit de l'infidélité de Coronis ; il fulmine, il tempête, il court chez l'ingrate, & reprend avec plaifir ce qu'il lui avoit donné à regret. Après un tel exemple je n'eus rien à répliquer.

Il ne m'a pas été difficile enfuite de fermer la bouche à ceux qui foute-noient, que le Comte Dolban agit un peu vivement en envoyant faifir les pa-piers de Nanine. » L'Amour, difent-ils, » feroit-il devenu Commiffaire ? Cette plaifanterie eft de fort mauvais goût. Le Comte vouloit connoître en fon en-tier la correfpondance amoureufe de Nanine & de *Philippe Hombert*. Ceci eft une découverte dans la maniere d'ai-mer. Quand une fille eft atteinte du crime de *léze-Amour*, on peut, & l'on doit arrêter ses papiers. Les Amans offensés ne manqueront pas d'en agir ainsi à l'avenir.

Mais, ajoute-t-on, n'y a-t-il pas encore plus d'indécence à envoyer un Valet dépouiller Nanine, & lui faire reprendre ses habits de Païsanne ? Pour peu qu'on soit instruit de ce qui se passe parmi *les gens comme il faut*, on n'ignore pas que bien des femmes aiment mieux être servies par des Valets que par des femmes de Chambre. Qu'un Auteur est à plaindre d'avoir affaire à des Spectateurs si peu versés dans la connoissance du beau monde ! C'est sans doute en deshabillant Nanine, que Germont découvre des charmes qui le frapent vivement. Le pauvre garçon au sortir de la toilette se sent le cœur ému en faveur de la fille de *Philippe Hombert*, ce qui fait naître une scéne fort attendrissante, où Germont s'offre à son tour pour époux à la Villageoise délaissée. Celle-ci ne prête point l'oreille à une proposition si avantageuse ; & par le refus qu'elle fait d'accepter la main du Domestique, elle témoigne la violence de l'amour qu'elle ressent pour le Maître.

Il y en a qui ont pensé que votre Comédie ne seroit pas goûtée par les femmes de condition ; car depuis le commencement jusqu'à la fin , cette Piéce

Est un affront fait à la qualité.

On voit bien que vous n'avez pas voulu plaire à cette noble espéce. Mais en récompense , les Beautés releguées aux troisiémes loges vous applaudissoient de tout leur cœur, & disoient en regardant quelques Cordons bleus :

> Quoi ? la Villageoise Nanine
> N'ayant pour tout bien que sa mine ;
> Auprès d'un Comte a réussi ?
> Monsieur Arrouet , grand merci ;
> Nous pourrons en tâter aussi.

Tout le monde, comme je l'ai déja dit , prévoit le dénouement de votre Comédie ; mais ce qu'on n'auroit point prévu , & ce qui auroit produit , selon moi , un merveilleux effet sur l'esprit des Spectateurs, c'eût été le mariage de *Philippe Hombert* avec la mere du Comte Dolban. Après le magnifique éloge que vous faites du métier de soldat, une telle alliance ne devoit point paroître extraordinaire. La Comtesse pour garder le *decorum*, témoigneroit d'abord

quelque répugnance à passer dans les
bras d'un spadassin : mais la facilité avec
laquelle elle consent au mariage de son
fils , donne lieu de croire que sa résis-
tance ne seroit pas longue. Que le rap-
port d'humeur & d'inclinations eût fait
passer de doux momens à ces deux
illustres Epoux ! Les vieux Militaires ,
tels que *Philippe Hombert* , aiment à
raconter leurs prouesses , la vieille
Douairiere de son côté étoit passable-
ment babillarde ; source intarissable de
plaisirs pour l'un & pour l'autre !

Mais que faire du pauvre *Blaise* qui
ne revient point ? Quelle surprise, quand
il sera de retour de Remival , & qu'il
verra Nanine devenue la femme de
Monseigneur Dolban ! Si la sotte fierté
de la Baronne n'étoit pas un obstacle
presque invincible , je serois d'avis
qu'elle épousât le Jardinier. De cette
façon, tout le monde seroit content ,
& le dépit amoureux seroit poussé à
son dernier point. J'aimerois mieux
qu'elle prît ce parti , que de la voir faire
à son perfide des adieux dans le goût de
ceux d'Hermione à Oreste.

Quelques Politiques de théâtre ont
osé conjecturer que votre Comédie ne
prendroit pas , & qu'au bout de quel-

ques repréfentations , on verroit s'é-
clipfer la foule de vos Admirateurs. Je
ne puis prévoir ce qui arrivera ; mais
quand tout Paris abandonneroit Nanine , je m'obftinerois à rendre hommage
à cette vertueufe fille , j'irois feul la
chercher dans la folitude du Parterre.

Un Diamant trouvé dans un défert ,
M'en feroit-il moins précieux , moins cher ?

Je fuis avec fincérité ,

MONSIEUR,

Votre très-humble & très-
obéïffant Serviteur ***.

A Paris , le 17 Juin 1749.

Contraste insuffisant

NF Z 43-120-14

www.ingramcontent.com/pod-product-compliance
Lightning Source LLC
Chambersburg PA
CBHW061412170626
46811CB00005B/1961